Annie Bacon

Chroniques
POST-APOCALYPTIQUES
d'une enfant sage

D0924436

Catalogage avant publication de Bibliothèque et Archives nationales du Québec
et Bibliothèque et Archives Canada

Bacon, Annie, 1974-

    Chroniques post-apocalyptiques d'une enfant sage

    Pour les jeunes de 12 ans et plus.

    ISBN 978-2-89770-013-3

    I. Titre.

PS8603.A334C47 2016   jC843'.6   C2016-940527-3
PS9603.A334C47 2016

Dépôt légal – Bibliothèque et Archives nationales du Québec, 2016
Bibliothèque et Archives Canada, 2016

Réimpression 2020

Direction éditoriale : Gilda Routy
Direction littéraire et artistique : Maxime P. Bélanger
Révision : Josée Latulippe
Conception de la couverture : Kuizin studio (kuizin.com)
Mise en pages intérieur : Kuizin studio (kuizin.com)

Nous reconnaissons l'appui financier
du gouvernement du Canada. | Canadä

 Conseil des arts   Canada Council
du Canada   for the Arts

Nous remercions le Conseil des arts du Canada de l'aide accordée à notre programme de publication.

Cet ouvrage a été publié avec le soutien de la SODEC.
Gouvernement du Québec – Programme de crédit d'impôt pour l'édition de livres – Gestion SODEC.

Bayard Canada Livres
4475, rue Frontenac, Montréal (Québec) H2H 2S2
edition@bayardcanada.com
bayardlivres.ca

Imprimé au Canada

Offert en version numérique
bayardjeunesse.ca

Annie Bacon

Chroniques
POST-APOCALYPTIQUES
d'une enfant sage

bayard canada

À tous les orphelins,
quel que soit leur âge.

Douze mai
Avenue du Mont-Royal

Montréal n'est plus que ruines. Au centre-ville,
les hautes tours gisent en piles informes,
réduites à leurs plus petites composantes,
telles des constructions en Lego
retournées dans leurs bacs d'origine.

Pas un bruit, si ce n'est quelques hurlements
de systèmes d'alarme qui ne sonnent pour personne.
La poussière est à peine retombée ;
les rats se terrent encore.

Dans une rue du Plateau-Mont-Royal,
une fille de treize ans marche,
tirant derrière elle une valise bleue.
Ses bras trop raides alternent à la tâche,
dix pas pour la main droite, dix pour la gauche.

Elle n'est pas de ces dégourdies maquillées trop tôt,
douées d'une audace et d'un cran qui leur permettent
de se jouer des règles et des professeurs.
Astride se sent plus petite que son corps.
Elle est de ces adolescentes-fillettes
habillées par leurs mères, qui auraient aimé
continuer de fréquenter leurs poupées
sans s'inquiéter des railleries de leurs pairs.

Autour d'elle, les triplex collés-serrés ont mieux résisté
à l'onde de pression que les gratte-ciel du centre-ville.
La plupart tiennent encore debout, même si, ici et là,
un pan de mur a lâché prise et dévoile à la rue
les dernières scènes de ménage cachées
derrière ses briques.

Deux amoureux entrelacés, une mère et son fils sous la table de la cuisine, un vieillard n'ayant pas quitté son fauteuil.

Aucun ne bouge, aucun ne vit.

Seule la fillette à la valise bleue est encore à même de témoigner de ces fins de vie soudaines.

Elle ne les regarde pas.

Astride continue son chemin, les roues de la valise cognant aussi bien contre les craques de trottoir formées par le cataclysme du matin que contre les anciennes, forées par le temps. Son regard clair fixe un carré vide vers l'horizon, là où une affiche de station de métro aurait dû lui indiquer qu'elle approche. Elle retrouve l'enseigne près du sol, soutenue en apesanteur par sa longue tige noire encastrée dans le toit d'une voiture-à-partager Communauto.

Juste en face, un clocher s'élève, intact, et le cœur de la jeune fille se desserre un peu. La bâtisse a tenu le coup, comme elle l'espérait. Les vieilles pierres ont la peau dure.

Empruntant le chemin des poussettes et des handicapés, elle monte sa valise jusqu'à la porte. Le verrou magnétique n'est plus en service, comme tout ce qui fonctionne à l'électricité.

Une note mentale : « Trouver un autre moyen de barrer la porte ».

Elle entre dans la bibliothèque du Plateau-Mont-Royal et referme la porte derrière elle.

À peine quelques secondes plus tard
Bibliothèque du Plateau-Mont-Royal

La jeune fille s'arrête. Ses doigts s'ouvrent, échappant
la poignée de métal. La valise tombe au sol dans un bruit
sourd. Le refuge tant espéré est dans un état épouvantable.
Certaines étagères n'ont plus que des moitiés de tablettes,
d'autres ont vomi leurs livres à leurs pieds. Une rangée
complète s'est affalée, les meubles ayant basculé
les uns sur les autres à la manière de dominos.
À quoi s'attendait-elle ? Que, simplement parce que
les pierres avaient tenu bon, l'intérieur serait resté sauf ?
Après un cataclysme pareil, on ne peut se fier aux apparences
et penser que rien n'a changé. Les pires séquelles sont
internes, pour les immeubles comme pour les gens.

Elle est tentée de se mettre à genoux,
la tête au sol, et de ne plus bouger.
Attendre que la mort vienne la réclamer
comme elle a pris tous les autres.
Abandonner ?
Que diraient ses parents ?

TES PARENTS SONT MORTS,
lui crie son subconscient.

Elle ne peut gérer une telle réalité.
Pas tout de suite.
Alors, pour s'empêcher de sombrer,
elle se dirige vers la première étagère
et range un livre.

Un peu partout dans la ville
Début de soirée

Les animaux des profondeurs ont repris possession
de la ville. Ceux qui étaient cachés suffisamment loin
sous terre pour ne pas sentir la secousse ou,
du moins, pour survivre à la déflagration. Rats, ratons
laveurs, quelques chats et chiens se promènent dans
les rues, tout heureux de l'absence des voitures,
comme des enfants un jour de vente trottoir.

Sont-ils seulement surpris, en levant le nez en l'air,
de voir tant d'étoiles briller dans le ciel de Montréal ?
La ville est noire, privée de lumière autre que celle
de la lune, et celle de quelques feux épars, allumés par
les rares survivants. Ils se retrouveront, se regrouperont,
se battront, aussi. Astride n'est pas tout à fait seule.

Elle s'y attend, son père l'a mise en garde.

Bibliothèque
Milieu de la nuit

Dans la bibliothèque du Plateau-Mont-Royal, la jeune fille dort, épuisée. Dans la main droite, elle tient un roman jeunesse. Elle en a déjà rangé des centaines ; celui-là était le prochain.

Elle se réveille.

Une angoisse la prend. Elle a oublié quelque chose, elle en est certaine. Dans un demi-sommeil, elle regarde autour d'elle et reconnaît, malgré son mauvais état, la bibliothèque du quartier. Les événements de la journée lui reviennent en tête : le cataclysme, la marche, la valise bleue.

Elle sait maintenant pourquoi elle s'est réveillée. Elle titube jusqu'à la valise, l'ouvre et en sort une petite boîte en plastique vert.

Elle installe son appareil dentaire dans sa bouche et se rendort, à même le plancher.

Condo des Hubert-Rondeau
Heure H moins cinq minutes

Loïc Hubert est à peine éveillé. Il regarde son fil Twitter
en sirotant son café lorsqu'il reconnaît les signes précurseurs
à l'écran. Des millions de témoignages d'oreilles qui font
« pop », d'eau qui se retire de l'océan, d'oiseaux qui crient
en chœur. Des messages écrits en toute inconscience,
pour épater les copains. Les tendances du matin,
comme autant de canaris dans la mine. Les médias
traditionnels n'auront jamais le temps de s'emparer
de la nouvelle avant qu'il ne soit trop tard. Pas lui.

Physicien à l'Université de Montréal, Loïc a étudié
ces effets secondaires en détail. Des possibilités
de répercussions catastrophiques à certaines expériences
en neutronique, l'étude des particules élémentaires.
Il avait même recommandé l'arrêt d'un des projets,
qu'il jugeait trop dangereux. La promesse d'une source
d'énergie nucléaire propre ne pouvait justifier de tels
risques. Il semble que d'autres scientifiques, ailleurs
dans le monde, n'aient pas eu la même prudence.

Il regarde l'origine des messages sur les médias
sociaux et se met à calculer frénétiquement. Les unités
de distance, d'accélération et de temps se juxtaposent
de manière parfaitement cohésive dans son cerveau sous
adrénaline. Résultat : cinq minutes. Il n'a que cinq minutes
avant l'arrivée de l'onde de choc qui précipiterait son
cerveau contre la paroi de sa boîte crânienne.

Pas assez pour les sauver tous,
mais suffisant pour la sauver, elle.

Treize mai
Bibliothèque

Réveillée par un rayon de lumière, Astride étire son corps engourdi. Ses épaules sont douloureuses, et sa colonne vertébrale craque de partout. Les hommes de Cro-Magnon souffraient-ils de maux de dos chroniques, ou l'*Homo sapiens* a-t-il perdu sa capacité à dormir sur le sol avec les siècles ? Une autre grande question humanitaire qui ne sera jamais étudiée par personne.

Malgré le désordre qui y règne, la bibliothèque la réconforte.
« Trouve un endroit qui n'intéressera personne », avait dit
son père. Cette caverne littéraire s'était imposée à son esprit.
Un lieu de recueillement, de calme, d'évasion. Un endroit
où elle s'est toujours sentie en sécurité. Si l'école était remplie
d'écueils, la bibliothèque a toujours été un havre. Ici,
rien ne peut lui arriver. Dans ces murs, même Yoan, un garçon
de troisième secondaire, lui parlait, lorsqu'elle le croisait
par hasard et qu'il n'y avait personne d'autre aux alentours.

YOAN EST MORT.

Elle remet son appareil dentaire dans son étui et tente
de dresser une liste de priorités. Il y a tant à faire
qu'une seule liste n'y suffira pas. Il lui en faudrait cent,
répertoriées dans une liste plus globale. Une liste de listes,
comme des poupées russes de tâches à accomplir.

Liste des listes à dresser

— Installations pour rendre
la bibliothèque habitable

— Nécessités pour combler
les besoins primaires

— Mesures de sécurité
contre les autres survivants

— Gens à ne pas pleurer
tout de suite

Elle abandonne l'organisation et jette son dévolu
sur l'installation d'un petit coin juste à elle.
Dans ces premiers moments de solitude, la faim et la soif
lui font bien moins peur que de ne pas avoir d'endroit où
dormir. C'est ainsi qu'elle commence sa colonisation
de la bibliothèque par le coin des tout-petits, séparé
du reste de l'immense espace ouvert par un mur arqué
d'un mètre de hauteur. Elle ramasse les peluches éparpillées :
les poupées de chiffon, les marionnettes, le long serpent mou,
les trois animaux tout ronds, et même les personnages
de série télé pour enfants, qu'elle n'écoutait plus qu'en
cachette, son bol de céréales sur les genoux.

Elle les empile contre un mur, en un tas presque rectangulaire.

Il lui vient une envie d'y sauter : de monter sur
le banc de lecture formé par un surplomb du demi-mur
pour atterrir dans cette flaque de toutous moelleux.
Mais on ne fait pas ce genre de folies dans une bibliothèque.
Même une bibliothèque vide dans une ville morte.

Elle s'y couche plutôt sur le dos. Quel enfant
n'a pas déjà rêvé d'un lit de toutous ? Elle se force
à trouver cela fantastique, comme si le bien-être pouvait
être généré artificiellement ; comme si une fantaisie
pouvait remplacer la familiarité de douze ans dans
une même pièce, couchée sur un même meuble.

Lorsqu'elle n'en peut plus de faire semblant,
elle retourne à sa valise pour déjeuner d'une barre tendre
et d'une clémentine placées là, la veille, par sa mère.

Elle ne doit pas penser à cette dernière,
ni à ce qu'elle fera lorsque les maigres provisions
seront épuisées. Alors elle reprend son rangement,
livre par livre, tablette par tablette.

Extrait de *Toute l'humanité expliquée*

Chapitre I : Les livres

La mémoire des humains est une habileté défaillante. Les bébés humains ne conservent pas les mémoires de leurs ancêtres et, tout au long de leur croissance, ne réussiront à engranger qu'une infime partie du savoir inculqué. C'est pourquoi l'imprimerie s'est avérée une invention si importante pour l'humanité. Pour la première fois, le savoir pouvait se conserver à travers les frontières du temps et de la géographie.

Au-delà des informations factuelles, les rêves ont également été mis sur papier. Ces livres, qu'on appelle « romans », permettent ainsi de s'évader et, pendant quelques heures, d'oublier ses soucis au profit de ceux d'un héros.

Quinze mai
École secondaire Jeanne-Mance

Armand Beauséjour est assis à son bureau, un crayon dans les mains. Il se demande, pour la centième fois depuis qu'il s'est retrouvé seul survivant dans cette école, s'il ne serait pas plus raisonnable de retourner chez lui, dans le quartier Ahuntsic.

Mais pour y trouver quoi ?

Les ruines de ses meubles ?

Ses livres éparpillés aux quatre vents ?

Depuis deux nuits, il dort sur des matelas de gymnase entassés entre le classeur et la table d'ordinateur.

Son ancien lieu de travail fait une garçonnière acceptable, pour une personne aux besoins spartiates. Il y voit une certaine ironie. Étant donné son âge, la direction le poussait vers la retraite dans les derniers mois.

Une retraite qu'il ne désirait aucunement, car il déteste autant la pêche que le golf, des sports aussi inutiles qu'inconfortables. Ce bureau sera désormais à lui aussi longtemps qu'il le souhaite, peu importe l'opinion du syndicat, du directeur et de la société en général.

Un sourire aux lèvres, il écrit.

Dix-sept mai
Bibliothèque

Astride contemple l'emballage vide de sa dernière
barre tendre. Il lui aura fallu moins d'une semaine
pour arriver à bout de ses réserves.

« Il te faudra trouver de la nourriture et de l'eau »,
lui avait dit son père. Elle n'a que trop tardé.

Les trois énormes cruches de plastique trouvées sous
le comptoir de la salle de bain suffiront encore à assouvir
sa soif, se brosser les dents et même faire sa toilette pendant
plusieurs jours, mais elle ne tiendra pas sans nourriture.

À moins de se laisser mourir de faim.

L'idée lui plaît presque. Elle perdrait des forces,
rapetisserait, et s'endormirait en douceur dans
son lit de toutous. Elle remet à plus tard une éventuelle
sortie et range des livres durant une autre demi-heure,
afin de tester ses capacités de sainte martyre.

Maintenant qu'elle sait qu'il n'y a plus de nourriture, elle
ne pense qu'à ça. Même si les barres d'énergie la soutiennent
habituellement de trois à quatre heures, il ne faut que
quelques minutes à peine avant que la faim ne la tenaille
après son repas-en-barre. Affamée le ventre plein.

Elle ne pourra y échapper,
elle doit trouver de la nourriture.

Mais où ?

Pas dans les supermarchés. C'est le premier endroit
où iront les autres survivants, ceux qui deviendront
sauvages avec le temps, ceux contre lesquels
son père l'a bien mise en garde.

Elle pourrait fouiller les maisons des alentours,
mais à l'heure où a eu lieu la secousse, elle risque
également d'y trouver ce qui reste des habitants.
Elle repense à sa propre maison, à la scène qu'elle
a laissée derrière et à celles qu'elle a évité de regarder,
mais qu'elle a vues quand même, dans la rue, derrière
les pans de mur tombés. Non, pas dans les maisons.

Heureusement, elle n'est pas sans ressources.
Astride se dirige vers l'entrée de la bibliothèque
et bifurque dans le recoin des téléphones publics.
En dessous de chacun se trouve un annuaire téléphonique,
que plus personne n'utilise depuis l'arrivée d'Internet.

Elle feuillette les pages jaunes en ordre alphabétique :
Radiologues...
Ramoneurs...
Restaurants...

Tout comme les supermarchés, les grands noms de
la restauration seront rapidement pillés. Les bistros de
boulevards sont également à éviter, pour la même raison.
En glissant le doigt d'une entrée à l'autre, elle cherche
plutôt des petits restaurants de quartier, ceux sertis
à la croisée de rues résidentielles, ceux auxquels
personne ne pensera, sauf elle.

En vérifiant et contre-vérifiant les noms de rue,
elle trouve ce qu'elle cherche : La Selva, un restaurant
au coin des rues Saint-André et Marie-Anne.
Du péruvien, selon l'annonce. Elle n'a jamais mangé
de cette cuisine, mais comme c'est le plus proche
et qu'il s'agira de sa première sortie depuis
le cataclysme, il fera l'affaire.

Elle choisit quatre livres sur le Pérou
de la section géographie appropriée (cote 918.5),
les enferme dans la valise bleue, étire la longue
poignée de métal et se dirige vers la porte de sortie.

Dix-sept mai, trente minutes plus tard

Astride est toujours devant la porte,
à l'intérieur de la bibliothèque, valise à la main.

Elle n'a pas bougé. Elle a bien esquissé un début de pas,
plusieurs fois, toujours retenu au dernier moment.
De ce côté-ci des murs, le monde extérieur peut rester
un décor de film, un de ces longs-métrages
post-apocalyptiques où le héros est grand et fort.
Dès qu'elle sortira, Astride entrera dans le film.
Elle ne se sent pas la trempe d'une héroïne,
ni même d'un personnage de soutien. Elle préfère
rester spectatrice, cachée dans sa bibliothèque,
confortablement barricadée sous une pile de livres.

Son ventre gargouille.

Elle n'a pas le choix : c'est sortir ou mourir de
faim. Le premier lui semble soudain demander
moins de courage que le deuxième.

Elle pousse la porte.

Condo des Hubert-Rondeau
Heure H moins trois minutes

Dès qu'elle entend son mari l'appeler,
Jacinthe Rondeau sent que quelque chose cloche.
Elle le rejoint à pas pressés, mais sans courir,
malgré l'insistance du ton. Courir serait céder
à la panique, serait inviter le désastre.

Loïc est assis devant son ordinateur,
les cheveux tout ébouriffés, comme s'il avait passé
ses mains à travers plusieurs fois, dans tous les sens.
Leurs regards s'accrochent, se fixent
avec un sérieux inhabituel.

– Fais couler un bain, lui dit-il avec insistance.

Tout d'abord, Jacinthe est incrédule.
Pourquoi une demande aussi frivole
sur un ton de grand drame ?
Puis, le souvenir d'une conversation,
deux années plus tôt, alors que son mari
étudiait ce fameux dossier en neutronique.
Il lui avait parlé du scénario catastrophe,
de la possibilité que l'expérience tourne mal,
et de la seule manière de s'en sortir.
La compréhension amplifie la taille
de ses yeux.

Pas un adieu, pas une larme.

Jacinthe se précipite vers la salle de bain.

Dix-sept mai
Devant la place Gérald-Godin

Dehors, tout est étrangement silencieux, d'une quiétude
qui n'envahit la ville que les soirs de tempête de neige.
Pourtant, le printemps est clément, et l'eau de pluie tombée
la veille ruisselle encore dans les craques de l'asphalte
éventré. Le soleil brille et contraste, de sa joie, avec
la désolation ambiante et avec l'état d'esprit d'Astride.

Trois respirations rapides et elle fonce, d'un pas décidé.

Elle emprunte l'escalier de béton, sa valise cognant
derrière elle. Elle traverse l'avenue du Mont-Royal
et monte sur le trottoir de la rue Berri, direction sud.
La jeune fille ne se retourne pas et se refuse
à imaginer ce qui pourrait se cacher derrière les voitures
renversées ou dans le trou béant dans la chaussée.

Elle ira jusqu'au restaurant la tête haute, comme si
la ville lui appartenait, même si tous ses muscles sont
crispés par la peur, ses intestins noués, son cœur
en mode turbo. Elle se rappelle un autre jour,
une autre vie, alors qu'elle entrait à l'école secondaire.
Dans un des corridors, des plus grands s'étaient
installés en rangées de part et d'autre du mince passage
et menaçaient les plus jeunes qui s'approchaient.

Il lui fallait traverser pour ne pas arriver en retard à son cours.

« Surtout, ne montre pas ta peur », lui avait dit Océane,
une amie du primaire qu'elle avait retrouvée.

Elle s'était avancée d'un pas décidé, et les plus vieux
l'avaient laissée tranquille.

Astride affronte Montréal-en-ruine comme on affronte
une haie d'honneur d'élèves de secondaire 4 : en ignorant
sa peur dans l'espoir que les dangers l'ignorent à leur tour.

Astride a l'habitude d'être ignorée.

Elle longe la clôture du stationnement
du Sanctuaire du Saint-Sacrement et marche
jusqu'à la rue Marie-Anne, qu'elle emprunte vers l'est.

Un coup de feu, au loin, confirme à Astride
qu'elle n'est pas seule dans cette jungle urbaine.

Elle serre la poignée de sa valise plus fermement
encore, et continue sa marche, sans s'arrêter,
si ce n'est pour regarder à gauche et à droite
à chaque coin de rue. Aucune voiture ne circule
dans ces rues défigurées, mais Astride vérifie
tout de même. Des années de réflexes
ne s'effacent pas en une seule sortie.

Elle arrive enfin à La Selva.
Le coup de feu résonnant encore dans les oreilles,
Astride entre avec empressement par la vitrine éclatée,
puis tire sa valise à l'intérieur. Elle arrête, immobile,
et écoute.

Il n'y a d'autre bruit que celui de sa respiration.

Dix-sept mai
Restaurant La Selva

Le plancher est vide. Les tables et les chaises
ont été projetées contre le mur par la force
de l'onde de choc et occupent à peine deux
ou trois mètres carrés du restaurant. Astride passe
le comptoir de la caisse et se fraie un chemin jusqu'aux
cuisines. Tout est propre, les membres de l'équipe
de soir ont bien nettoyé avant d'aller rejoindre leur lit,
que certains, peu matinaux, n'auront jamais quitté.
Le réfrigérateur aura perdu sa fraîcheur, inutile
d'y regarder, même si Astride aurait bien pris
un verre de lait.

Un verre de lait.

Pour quelques instants cette envie précise l'envahit.
Un grand verre de lait bien froid, pasteurisé, 3,25 %.
En boira-t-elle seulement encore un jour ?

Lorsque le désespoir monte, elle l'enterre sous
une note mentale : trouver des suppléments de calcium.
C'est important, le calcium, sa mère l'a toujours dit.

Elle se dirige vers le garde-manger.
La porte en est fermée, mais non verrouillée.
Astride l'ouvre et le regrette aussitôt.

Un éboulement de sacs, de boîtes et de conserves
se déverse par l'ouverture. Malgré un recul rapide,
elle s'y meurtrit la hanche, les genoux et les tibias.
L'espace d'un instant, elle s'est crue attaquée.
Tant de mouvement dans son monde immobile
lui a donné la frousse de sa vie, plus encore
que le coup de feu entendu dehors.

Du bout du pied, elle repousse les aliments agglutinés autour de ses souliers de course pour se faire un peu de place. Puis, elle redresse les boîtes, ouvre les sacs, lit les étiquettes. Elle choisit ses provisions selon les groupes alimentaires : des noix, une botte de carottes, des biscottes, un fromage. Des arachides, des croûtons, des... encore ce lait qui pose problème. Elle reprend un deuxième morceau de fromage, emballé sous vide.

Après cinq rondes, sa valise est pleine. Elle n'a choisi que des choses qu'il est possible de manger crues, et aucune boîte de conserve.

Avant de sortir, elle laisse trois des livres apportés de la bibliothèque en paiement, juste à côté de la caisse. Elle ne pouvait se résoudre à prendre sans donner, et sa mère n'a pas mis d'argent dans la valise, se doutant probablement qu'une telle monnaie d'échange n'aurait plus cours. Comme elle vient de passer trois jours à ranger la bibliothèque, elle a pris quelques livres en guise de salaire.

Astride n'est pas une voleuse.

Dix-sept mai
Rue Berri

La jeune fille marche à nouveau en tirant
sa valise bleue dans la ville dévastée. La valise
est plus lourde, mais ses pensées plus légères.

Elle y est arrivée !

Elle est sortie de sa bibliothèque et elle revient,
saine et sauve, avec assez de nourriture pour une semaine.
Pour la première fois, elle réalise qu'elle saura peut-être
survivre. Elle n'est pas certaine d'en avoir envie, mais
en avoir la capacité est déjà une grande source de fierté.

Elle se sent forte, efficace.

Tellement qu'en approchant de la bibliothèque elle bifurque
vers la droite. Au coin de la rue se trouve une pharmacie.

Ses courses ne sont pas terminées.

Extrait de *Toute l'humanité expliquée*

Chapitre III : L'argent

Après des siècles de troc, les humains
en ont eu assez du cours changeant
de la valeur des choses. Chez un charcutier,
le steak valait deux œufs, chez l'autre trois.
On ne savait jamais qui essayait de profiter
de l'autre. Ils ont donc inventé l'argent,
pour permettre l'échange des valeurs
équivalentes.

Équivalentes ? Le cours de l'argent
lui-même s'est mis à fluctuer. Les monnaies
des différents pays sont sans cesse évaluées,
dévaluées, surévaluées par rapport aux autres.
Les humains ont créé une économie basée sur
ces fluctuations : des bourses où l'on peut
acheter de l'argent avec d'autre argent,
et ainsi faire des pertes et des profits.

Pour ce qui est du prix du steak, il dépend
du morceau, de l'alimentation du boeuf,
de son origine, du commerçant et des soldes
annoncées dans la circulaire de la semaine.

Dix-sept mai
Pharmacie Jean-Coutu

Un Jean-Coutu. Énorme, commercial, et installé au coin
de deux artères. Exactement le genre d'endroit que son père
lui a conseillé d'éviter. Mais les deux articles dont elle
a besoin ne se trouveront pas dans un restaurant de quartier.

Dès qu'elle entre dans l'établissement, elle remarque
les traces de passages. Quelqu'un a déblayé un chemin,
et les marques de roues d'un diable, ces genres
de brouettes verticales, sont bien visibles sur
le sol dégagé. Au bout de l'allée, les étagères sont vides.
Toute la section « médicaments » a été dépouillée.
Juste à côté, celle des « vitamines » a également été pillée,
mais en vitesse. Il reste quelques boîtes éparses.
Astride, ravie, y trouve du calcium en bonbons mous.
Il ne lui manque qu'un dernier article, deux allées plus loin.

Elle escalade une montagne de tubes de dentifrice
et ramasse une bouteille de rince-bouche.
Son appareil dentaire doit être nettoyé tous les trois jours,
c'est son orthodontiste qui l'a dit.

Une fois le précieux objet en main, son courage

s'estompe d'un coup. L'euphorie de sa première

sortie réussie fait place à l'angoisse de désobéir

aux conseils de son père. Le doute s'immisce :

et s'il y avait quelqu'un de caché dans l'arrière-boutique ?

Et si elle était tombée dans un piège ? Ses capacités

à ne pas s'imaginer le pire s'estompent. Elle serre

la bouteille de liquide vert contre son cœur.

Est-ce qu'obéir à l'orthodontiste valait un tel risque ?

Est-ce qu'une obéissance vaut plus qu'une autre ?

Elle ramasse sa valise bleue,

laisse son dernier livre sur le comptoir

et court se terrer dans la bibliothèque.

Dix-sept mai
Bibliothèque

Une fois enfermée dans son repaire, elle attend
cinq, puis dix, puis vingt minutes. Elle a désobéi
à la règle de base ; elle attend les représailles.
À cinq ans, ses parents lui avaient interdit
de manger ses bonbons après la tournée d'Halloween.
Trop tentée, elle était sortie durant la nuit et
avait avalé cinq tablettes de chocolat, trois rouleaux
de bonbons, cinq caramels et dix bonbons mous
en forme de squelettes. Une heure plus tard,
elle subissait une crise de foie spectaculaire.
Convaincue que la maladie était due non pas
à la quantité de cochonneries ingurgitées, mais bien
à sa désobéissance, elle en avait gardé la certitude
que tout manquement aux règles établies était
invariablement puni. Il faut dire que ses parents
n'avaient pas cru bon de démentir ses conclusions,
y voyant plutôt un raccourci éducatif commode.
Certains parents menacent leurs rejetons
à grands coups de lutins espions du père Noël.

Ceux d'Astride confirmaient, d'un simple silence,
les faux liens de cause à effet par lesquels Astride
se punissait elle-même. Son mensonge de la veille
avait-il produit cette pluie torrentielle qui annulait
la sortie aux glissades d'eau ? Ses écarts de conduite
étaient-ils responsables de la mort de son poisson rouge ?
Tant de questions auxquelles ils ne répondaient
que par un demi-sourire entendu,
laissant leur fille s'imaginer le pire.

Aujourd'hui, elle a pénétré dans un lieu
commercial, contre les conseils de son père.

Elle tremble, les yeux serrés.
Les minutes passent, et le silence a raison
de sa peur. Peu à peu, son pouls ralentit,
ses mains relâchent leur emprise
sur ses genoux.

– J'ai dû être chanceuse pour cette fois,
  dit-elle tout haut.

Elle prononce les mots, mais n'en pense rien.
Parfois, les punitions sont longues à venir.
Il faut dire aussi qu'Astride croit très peu à la chance.
Elle ne fait pas de vœux lorsque l'horloge indique 11 h 11,
et jamais elle n'effeuille les marguerites.
Si la chance existait, elle ne serait pas ici,
seule dans un univers hostile, alors que tous ceux
qu'elle aime sont ailleurs, morts, en paix.

Deux heures plus tard

Ce soir-là, dans son lit de toutous, un parfum mentholé
dans la bouche, Astride repense au coup de feu
qu'elle a entendu plus tôt dans la journée.

Un avertissement, se dit-elle. Un rappel
de faire attention, de ne sortir qu'en cas d'urgence.

Elle prend mille résolutions : organiser une barrure
pour la porte, voyager par les ruelles, ne plus désobéir.

Une minuscule parcelle de son esprit ose murmurer :
« Et si le coup de feu avait été un appel, une invitation ? »

Elle ensevelit cette pensée sous un torrent
de prudence et s'endort, le cœur serré.

Vingt et un mai
École secondaire Jeanne-Mance

« Je suis maintenant le dernier humain de la terre »,
fredonne monsieur Beauséjour en corrigeant les
premiers chapitres de son manuscrit. Il se demande
si un élève n'aurait pas oublié son lecteur MP3
dans son casier, pour lui permettre d'écouter
une dernière fois cette chanson. Doutant que
les adolescents possèdent du Cowboys Fringants
dans leur *playlist*, il se remet plutôt à la tâche.

Il a décidé de prendre son rôle de « dernier humain »
au sérieux, même s'il se doute bien que d'autres
ont survécu. Il tente d'expliquer, sur papier, la civilisation
qui vient de s'achever. L'œuvre est destinée aux prochains
êtres intelligents qui fouilleront les décombres.

Selon les jours, et son humeur, il imagine ses premiers
lecteurs. Parfois, il s'agit d'adolescents d'une lointaine
dystopie créée par les descendants des autres survivants.
Parfois, d'extraterrestres hyper évolués, voyageant
à bord de vaisseaux plus rapides que la vitesse
de la lumière. Parfois encore, il s'agit de singes parlants,
comme dans les mauvais films qui passaient à la
télévision le dimanche après-midi dans sa jeunesse.

Il traite les sujets dans l'ordre de ses envies,
et révise le tout à chaque cent pages ou moins.
Il a déjà parlé de l'argent, des livres. Il s'attaque
maintenant au chapitre sur le travail.

Il a encore de bonnes années devant lui,
et des centaines de pupitres remplis de papier
et de crayons. Ce sera une œuvre grandiose,
celle qui lui permettra de passer à la postérité.
Quelle partie de golf pourrait en dire autant ?

Un coup de feu retentit au loin et lui confirme
qu'il n'est pas seul sur la terre. Il se dit que
la violence mériterait certainement son chapitre,
elle aussi.

Extrait de *Toute l'humanité expliquée*

Chapitre VII : Le travail

Au début des temps, l'humain n'avait
d'autre choix que de travailler à longueur
de journée. Ses efforts étaient directement
liés à sa survie : ne pas mourir de faim,
ne pas mourir de soif. Avec l'invention de
l'argent (voir chapitre III), il a pu effectuer
des tâches de moins en moins primordiales afin
d'obtenir les bouts de papier qui pourraient
être échangés contre les denrées essentielles
à sa survie, voire à son confort. L'idée de
« travailler pour vivre » aurait pu devenir
plus abstraite, alors qu'au contraire c'est
lorsqu'il n'est pas absolument nécessaire
que le travail prend tout son sens.

Travailler fait reculer les idées noires;
l'oisiveté engendre la violence.

Vingt-huit mai
Bibliothèque

Astride en est à classer les bandes dessinées du côté
des adultes lorsqu'elle les voit sortir du métro. Une dizaine
de jeunes hommes et de jeunes femmes poussent
les portes vitrées et débarquent sur la place
Gérald-Godin. Ce sont les premiers êtres vivants
qu'elle aperçoit depuis la grande secousse.
Au milieu de sa bibliothèque, elle cesse de bouger.

Les uns ont des souliers de course aux
couleurs chatoyantes, les unes des bijoux scintillants
aux oreilles. « Ils ont tout volé », se dit Astride. Volé à qui ?
Aux morts ou à des entreprises qui n'existent plus ?
Peu importe. Ceux-là ont décidé que tout leur
appartiendrait.

« Toi y compris », murmure la voix de son père
dans sa tête. Astride freine une puissante envie
de se cacher. Le mouvement ne ferait qu'attirer
leur attention, mieux vaut rester immobile.

Une grande survivante aux jeans ornés de pierreries
regarde directement dans sa direction. Une simple
fenêtre les sépare, mais le soleil la transforme en vitre
sans tain : transparente pour Astride, miroir pour les
autres au-dehors. La jeune femme admire sa tenue,
replace son chemisier. Elle est belle dans ses vêtements
de luxe, aussi gracieuse qu'Astride est gauche.

Le groupe continue en direction de la pharmacie.
L'un chante à tue-tête, un autre frappe une voiture
stationnée d'un bâton de baseball. Ils s'approprient
la ville en faisant du bruit. Leur intention est
claire : ils vont piller le Jean-Coutu.

« Et si j'avais laissé des traces ? »
s'inquiète Astride. Les remords la prennent
de plus belle ; elle est convaincue que sa visite
à la pharmacie sonnera sa chute. Elle a laissé
un livre sur le comptoir de la caisse, marqué
du sceau de la bibliothèque. Ils l'apercevront,
comprendront, la trouveront.

L'imagination d'Astride s'enflamme dans
toutes les directions. Elle se voit esclave
de ces presque adultes, à faire leur vaisselle
et récurer leurs planchers. Elle s'imagine amie
de la plus grande, protégée, cajolée, belle à son tour
par osmose. Puis prisonnière, enfermée, affamée...
ou engraissée, sans savoir lequel est le pire.

Elle s'imagine surtout morte.

À l'intérieur de la pharmacie, les survivants du métro
passent devant la caisse et ne voient rien. Les livres
sont invisibles aux regards des jeunes
en quête d'émotions fortes.

Le gang n'a d'yeux que pour les médicaments absents,
monnaie d'échange par excellence en temps de rationnement.
Ils tempêtent, poussent des étagères, font un boucan
du tonnerre. Astride les entend à travers les murs de pierre
de la bibliothèque. Elle n'est pas la seule : d'autres survivants
arrivent par les rues et encerclent le magasin.
Ceux-là portent tous un ruban bleu autour
de leur bras, leur tête ou leur cou. Ils braquent
des fusils sur les fenêtres du Jean-Coutu et
aboient des injures. Le territoire leur appartient.

De l'intérieur, on entend des cris de colère et de menace.

Puis, c'est au tour des armes de converser.

Dans l'esprit d'Astride, témoin secrète de cette guerre
post-apocalyptique, une phrase de Renaud, le chanteur
préféré de sa mère, tourne en boucle :
« défiant les crétins en bleu, insultant les salauds en vert ».
Une histoire de soccer, lui avait expliqué sa mère.
Une histoire de factions, avait-elle compris
d'elle-même. Avant ou après la grande secousse,
le cœur des hommes reste le même : les bleus
contre les rouges, les rouges contre les bleus,
et les petites filles sages, seules,
cachées dans les bibliothèques.

Vingt-huit mai
Bibliothèque, plus tard

Deux minutes que la guerre fait rage, dix qu'Astride
n'ose bouger d'un quart de pouce, de peur d'être repérée.
Autant d'éternités. Elle voit les victimes des balles tomber
au sol au ralenti, entend leurs injures en de lourds sons
de tubas, comme si le temps manquait de batteries.

Un garçon au foulard bleu reçoit un projectile à l'épaule.
Il titube, recule et s'effondre contre le mur de la bibliothèque.
Les trois chevalières de sa main gauche percutent la vitre
avec fracas, sortant Astride de sa torpeur. Elle profite
du chaos ambiant pour plonger derrière une étagère.
Les jambes en gélatine, elle continue d'observer
le spectacle dans l'interstice entre deux larges volumes.

La main du survivant blessé s'est accrochée
au rebord de la fenêtre. Ses doigts sont courts, robustes.
Des mains d'homme sur un corps de garçon.

Astride a des notions de secourisme. Ses parents
l'ont poussée dans les jeannettes pour une
année complète, espérant lui donner le goût de l'aventure.
Elle y a appris à faire des bandages, des attelles,
des garrots et à y supporter une nouvelle sorte de solitude.

Elle pourrait aider le garçon.

Ses jambes se redressent sous elle. Une sortie de secours
donne tout juste à côté de la victime aux chevalières.

Elle fait un pas.

Une explosion détonne dans la pharmacie.
Énorme, assourdissante.

Astride fait demi-tour.

Elle court jusqu'à son lit de toutous, à l'abri du demi-mur
du coin des petits. Elle y reste, prostrée, en se
serrant les jambes contre le torse, jusqu'à ce
que plus aucun bruit ne provienne de la rue,
et plusieurs heures encore. Lorsqu'elle trouve enfin
le courage de se lever, il n'y a plus à la fenêtre ni main
ni chevalières. Tout au plus une flaque
de sang dans l'herbe.

Huit juin
Bibliothèque

Voilà des jours qu'Astride n'a plus rien entendu.
Il ne reste de l'altercation entre le gang des foulards
bleus et les jeunes du métro que quelques éclaboussures
rouges sur l'asphalte de la rue. Ont-ils tous quitté
le territoire ? Elle l'ignore. Elle est sortie une ou
deux fois pour rechercher d'autres provisions, en prenant
bien soin de rester dans les petites rues résidentielles,
et de rentrer au bercail le plus rapidement possible.

Mais la nécessité est parfois plus forte que les
résolutions. Entre propreté et nutrition, ce sont
maintenant ses réserves d'eau potable qui sont
menacées d'épuisement. Les nuages sont gris, la pluie
est imminente. Astride a un plan, pour lequel elle doit
faire une nouvelle sortie, en pleine avenue du Mont-Royal.

Elle remplit sa valise d'imagiers pour les petits et
de suffisamment de nourriture pour tenir vingt-quatre heures.
Elle doit être prête à se terrer si jamais le gang des foulards
bleus venait à ressurgir. Elle craint leur apparition tout
en l'espérant à la fois. Elle entretient le désir secret
de revoir le garçon aux trois chevalières.
Non pas pour lui parler, encore moins pour lui plaire.
Seulement pour le savoir vivant et calmer la culpabilité
qui la tenaille. La voix de son père prend le dessus :
« Ses copains ont dû s'occuper de lui. C'était à eux de le faire.
Toi, ta tâche est de rester discrète, de rester en vie. »

Cette fois, inutile de consulter l'annuaire,
son objectif est un magasin qu'elle connaît bien
pour y être allée souvent avec ses parents.
Avec l'arrivée hâtive du printemps cette année,
elle y trouvera ce dont elle a besoin, elle en est certaine.

Ce sera sa plus longue sortie jusqu'ici : huit coins de rue
à traverser. De savoir son quartier peuplé d'un gang armé
n'atténue en rien ses inquiétudes. Elle se rassure en
se concentrant sur sa capacité à être invisible.
Ne l'a-t-elle pas toujours un peu été, après tout ?
On ne peut pas parler de talent ni de « don ».
Son invisibilité est un état des choses, tout simplement.
Petite, elle n'était pas de ces enfants vers lesquels les
inconnus se tournent ou font risette. Ni de ceux qui attirent
les amis sans faire d'efforts. Au parc, alors que des jeunes
de son âge jouaient à la *tag*, elle a déjà essayé de
se mettre au milieu du jeu, désireuse d'être invitée
à participer. Les autres enfants ont continué, la contournant
comme si elle n'était qu'un arbre de plus dans ce
décor bucolique. Une invisibilité d'insecte qui ne pique
même pas. « J'aimerais être une mouche sur le mur... »
a-t-elle un jour entendu un adulte dire.
Astride en est une, et elle sait que
la position n'est pas enviable.

Sauf aujourd'hui.

Personne ne la voit circuler sur l'avenue ni pousser
la porte du magasin de jouets Bric à brac.

Elle semble être la première à pénétrer dans ce
paradis pour enfants. Même les Playmobils de la vitrine
sont encore présents, seulement balayés sur le côté par
la déflagration, et légèrement empoussiérés depuis.
Y a-t-il seulement d'autres enfants
qu'elle parmi les survivants ?

Comme elle s'y attendait, un espace spécial
a été aménagé pour les activités d'étés :
craies, bulles, Frisbees... et piscines gonflables.

Elle en choisit deux, larges et peu profondes,
de quoi récupérer suffisamment d'eau de pluie
pour devenir autonome. Astride aime l'autonomie.
Lorsqu'on n'est pas assez jolie pour se faire offrir
de l'aide, on apprend vite à se débrouiller seule.

Juste sous les piscines gonflables, une découverte aurait dû attirer son attention. Sur une boîte blanche avec une photo d'enfants beaucoup trop enthousiastes, un logo tout en vert annonce une trousse de jardinage perpétuel. Un peu de terreau, trois pots de plastiques, une mini-pelle de métal, mais surtout, des sachets de semences. Pas de ces graines mortes génétiquement modifiées pour ne produire que des tomates stériles, mais bien de ces semences antiques, qui donnent des légumes dont les graines se plantent à leur tour.

« Un jouet de granole », aurait ricané sa mère.

« Parfait pour survivre à la fin du monde », aurait annoncé son père, sans savoir qu'il serait un jour près de la vérité.

Aucun des deux n'est là pour commenter.
Astride ne prend pas la boîte.

Pour planter un jardin, il faut croire en l'avenir.
Elle saisit les deux piscines, laisse quelques livres sur le comptoir et ressort.

Huit juin
Quelques minutes plus tard

Sur le chemin du retour, Astride remarque
du mouvement sur sa gauche. Elle s'arrête, anxieuse.
Un chien apparaît entre deux voitures.
Un golden retriever blond, le poil
en désordre et les côtes saillantes.

L'humaine et l'animal se regardent.

Astride approche de quelques pas. Le chien
lui tourne le dos et trottine jusqu'au prochain
coin de rue. La fillette suit. Encore cent mètres,
et le chien attend de nouveau.
Astride met un genou à terre et lui tend
sa main à sentir. Une offre d'amitié.

Son père l'avait mise en garde contre les humains,
mais sûrement que les animaux domestiques
ne comptent pas, non ? Ne sont-ils pas censés
être fidèles à l'homme ? Le meilleur ami, celui
qui ne le déçoit jamais ? D'ailleurs, dans tous
les films post-apocalyptiques, le dernier survivant
solitaire possède toujours un chien. C'est comme ça.

Le chien s'approche à petits pas.

– Salut, ose Astride.

Sa voix sort faible, éraillée. Elle doit se racler la gorge
par trois fois avant de réussir à articuler le mot correctement.
Elle n'a pas prononcé un seul son depuis des jours.

L'animal jappe.

Trois autres chiens, tous de races différentes,
apparaissent au détour d'une rue transversale.
Les lèvres se retroussent, les yeux se plissent.
Dans ce monde hostile, même les chiens
forment une faction.

Astride court.

Elle n'est qu'à deux coins de rue de sa bibliothèque,
mais ses jambes maigres ne peuvent rien contre
des quadrupèdes, aussi émaciés soient-ils.

Sa valise rebondit derrière elle, incapable de tenir
sur ses roues à une telle vitesse en terrain accidenté.
Elle vire sur le côté, alors qu'un des chiens est
à portée de crocs. Dans un espoir de redresser sa valise,
Astride la tire sur le côté. La valise pivote, décrit
un arc de cercle et frappe le golden retriever
de plein fouet. Enhardie par cette nouvelle arme,
Astride tourne sur elle-même, la poignée dans
les mains. La valise bleue frappe un deuxième
chien, la vitesse devient incontrôlable.

La poignée glisse des mains d'Astride,
qui s'écroule par terre, entraînée par
la force de rotation. Le plus petit chien
lui saute au cou, mais rencontre plutôt son bras,
levé in extremis. Il y plante ses crocs.

Un nouveau jappement. Le fox-terrier redresse
la tête et délaisse Astride. Trois mètres plus loin,
la valise s'est ouverte à l'atterrissage, laissant
s'échapper tout le contenu d'une boîte de biscottes.
Les chiens attaquent les bouts de pain sec avec appétit.

Astride n'a même pas le temps de se retourner,
d'hésiter, de regarder la valise de manière dramatique.
Elle ne peut que se relever et courir à toutes jambes
jusqu'à la sécurité de la bibliothèque. Elle en referme
la porte derrière elle et se retourne. En appuyant la tête
contre la vitre, elle peut voir sa valise au loin, en diagonale.
Un des chiens s'active toujours sur les biscottes.

Les trois autres surgissent dans l'entrée en aboyant.

« Donne-nous d'autres biscottes », expriment-ils.

Astride n'y entend que des menaces. Elle s'appuie
sur la porte de tout son petit poids de fille maigre
aux bras trop longs. Les chiens jappent, grognent,
se cognent sur la vitre. À travers, elle aperçoit
leurs crocs acérés, la bave qui coule, les mâchoires
qui claquent. Elle ferme les yeux, mais les voit toujours.
Elle les verra bien longtemps après qu'ils soient partis.

Condo des Hubert-Rondeau
Heure H moins une minute

Astride est dans sa chambre et fait du bricolage.
Carton, ciseaux, paillettes, elle réalise un calendrier
perpétuel à accrocher au mur. Son père arrive
en trombe, tourne sa chaise pour la voir en face,
et plante ses yeux dans les siens. Il se met à lui débiter
des conseils qu'elle ne comprend pas.

– Tu devras d'abord trouver un endroit sûr,
où personne ne sera intéressé à aller.

Elle ne comprend pas.
De quoi parle-t-il donc ?

– Tu ne dois te faire voir de personne.
   Les humains deviendront tes ennemis,
   pires que des animaux sauvages.

L'intensité de son père lui fait peur.
Elle voudrait qu'il arrête, qu'il regarde
plutôt son bricolage, qu'il la félicite.

– Fais attention aux conserves, aussi.
   Elles ont des dates de péremption,
   comme les yogourts. Oui, c'est ça.
   Méfie-toi des conserves,
   et des humains.

Il la prend dans ses bras, comme
quand elle était petite, mais le geste
n'a rien de réconfortant. Il ne la serre pas,
ne la câline pas. Il la porte seulement
jusqu'à la salle de bain.

Huit juin, soir
Bibliothèque

La nuit est tombée. La rue est noire, la lumière
de la lune peinant à se frayer un passage
à travers l'épaisse couche de nuages. Dehors,
au milieu de l'asphalte, traîne une valise bleue.

Le bras d'Astride saigne et dégouline sur le plancher.
Elle ne quitte pas sa valise des yeux,
mais n'ose aller la récupérer.

Tous les joueurs de jeux vidéo vous le confirmeront :
c'est la nuit que sortent les prédateurs.
Mieux vaut rejoindre le quartier général avant
le coucher du soleil et s'y terrer jusqu'au lendemain,
avec une partie fraîchement sauvegardée.

Astride veille sa valise de loin, comme une mère veillerait un enfant fiévreux. Ce ne sont pas tellement les piscines pour lesquelles elle craint. Non. Des piscines gonflables, il y en avait d'autres chez Bric à brac. Même les valises de remplacement se trouvent à la pelle. Il y en a un magasin entier juste au coin de la rue Chambord. Ce n'est pas l'utilité de ce moyen de transport à roulettes qui lui importe tant, c'est sa symbolique d'objet de sa vie d'avant.

La première fois qu'elle en a tenu la poignée,
elle avait cinq ans. Elle jouait à faire « comme maman »
en se promenant dans le long corridor du condo où elle
habitait avec ses parents. Elle s'était sentie grande.
S'était imaginé devenir femme d'affaires, comme sa mère,
et tirer une valise semblable pour des rendez-vous aux
quatre coins de la planète. Le genre de femme toujours
bien mise, classique, importante. Celle qui va
aux retrouvailles de son école secondaire la tête haute,
et y fait son entrée en hélicoptère.

Celle que tous admirent, que nul n'ignore.

Ce soir-là dans la bibliothèque, en guettant sa valise,
Astride pleure. Elle ne pleure pas son passé perdu.
Elle ne pleure pas son présent désespéré de jeune fille
ayant réchappé de justesse à une meute de chiens affamés.
Elle pleure le futur rêvé qu'elle n'aura jamais plus.

Elle ne sera pas femme d'affaires, n'aura jamais
de retrouvailles avec les anciens de l'école.
Le mieux qu'elle puisse espérer est
de survivre, seule dans sa bibliothèque.

Lorsque ses pleurs se tarissent enfin, elle lave sa plaie,
fait la vaisselle de la journée et s'endort dans son lit
de toutous, son appareil bien coincé sur son palais.

Neuf juin
Bibliothèque

Au petit matin, un déclic se produit dans l'esprit d'Astride. L'absence de son futur rêvé ne l'empêchera pas de performer, de réussir, d'épater tous ceux qui n'ont pas cru en elle. « Ils m'ont crue bonne à rien, je vais leur montrer qu'ils ont tort, en survivant mieux qu'eux », se dit-elle.

ILS SONT TOUS MORTS,
lui réplique son subconscient.

Peu importe, elle les impressionnera
quand même, post mortem s'il le faut.

Elle sort ramasser sa précieuse valise, que personne n'a touchée pendant la nuit, et revient dans la bibliothèque d'un pas décidé. D'abord, il lui faut un plan. Un plan officiel, écrit sur du papier. Et le seul endroit où trouver ce matériel est derrière le comptoir des bibliothécaires.

De toute la bibliothèque, c'est la seule partie
qu'elle ne s'est pas encore appropriée.
L'espace lui semble sacré, interdit, réservé.

« Mais ne suis-je pas la bibliothécaire, maintenant ? »
se demande-t-elle. Elle regarde avec fierté les étagères
du coin des jeunes. Elle a tout trié, classé et remis en
place. Elle a dormi parmi les livres. Cet endroit est sien.

Astride contourne le comptoir jusqu'à la planche munie
de charnières. Elle lève la section de similibois et passe
de l'autre côté, grisée de cette nouvelle responsabilité,
de ce nouveau pouvoir. Le plancher y est jonché de matériel :
cartes oubliées, brocheuses, signets, crayons. Elle devra
faire le ménage, une autre chose à mettre sur sa liste.

Astride aime bien faire des listes : placer tous les éléments
en ordre, puis faire des crochets à côté lorsqu'ils sont terminés.
Chaque crochet représente une réussite, une étape de plus
vers la victoire abstraite de la complétion de la liste.
Ces deux petits traits à angle presque droit lui rappellent
les étoiles que son professeur de flûte lui collait
sur les partitions réussies. Une autre de terminée,
on avance, félicitations. Ô comme ses parents
s'étaient extasiés sur ces étoiles !

Il lui faut plus de trois heures pour tout mettre
sur papier, puis recopier au propre, en ordre de priorité.

Après quoi elle sort, armée de sa valise,
et se rend de nouveau jusque chez Bric à brac
pour y chercher trois ensembles de jardinage.

Choses à faire

— Retourner au magasin de jouets

— Réaménager la bibliothèque

— Assurer des réserves
d'eau permanentes

— Planter un jardin

— Laver mes vêtements

— Désinfecter mon appareil
dentaire (aux trois jours)

— Arranger un verrou sur la porte

—

Neuf juin
École secondaire Jeanne-Mance

Armand Beauséjour s'est installé sur le toit de l'école
pour manger ses biscuits à l'avoine. Les distributrices
en regorgent, et chaque galette est si bourrée d'agents
de conservation qu'il pourra en consommer bien après
leur date de péremption. Les machines offrent également
de l'eau en bouteille et des jus de toute sorte. Et lorsqu'il
a envie d'une gâterie qui n'est plus acceptée dans l'école
depuis l'adoption de mesures nutritionnelles santé
par le conseil d'établissement, il n'a qu'à fouiller dans
les pupitres des élèves pour trouver une tablette
de chocolat ou un sac de *chips* gardé en réserve.
Qui l'aurait cru ? Une école secondaire est
une très bonne place pour tenir un siège !

C'est également un endroit surprenant
pour échapper à la mort.

De nature matinale, Armand a toujours aimé profiter
de la piscine du Centre Père Sablon, relié à l'école
par un corridor souterrain. Il s'y rendait aux petites heures
du matin, avant même l'arrivée du club de natation.
Il s'y trouvait lorsque la secousse a frappé. Il venait
d'y plonger pour récupérer quelques anneaux oubliés
par des élèves la veille. Entièrement submergée, sa tête
aura été préservée du choc par l'élément liquide.
La vague qui a suivi l'a projeté contre le mur de béton,
mais il ne va pas se plaindre de ses trois côtes fêlées
à travers cette ville remplie de cadavres. Lorsque
ses côtes lui font mal, il se rappelle la signification
d'une telle douleur : il est toujours en vie.

Et je ne suis pas le seul, se dit-il en contemplant
le terrain de soccer. Au loin, une forme a bougé.
À bien y regarder, ils sont deux : un garçon et une fille,
à peine plus vieux que ses élèves. Ils auront survécu
ensemble, ou se seront trouvés après la secousse.
Ils s'aimeront, c'est obligé. C'est écrit dans les livres.

Il devrait composer un chapitre sur le sujet.
C'est important, l'amour. Et compliqué, aussi. Il lui faudra
des pages et des pages pour l'expliquer correctement.
Mieux vaut retourner à son bureau et se remettre au travail.

Extrait de *Toute l'humanité expliquée*

Chapitre XII : L'amour

Certains philosophes ne croient
pas en l'amour. Ils parlent plutôt
de besoin biologique de procréation
et de passation des gênes. Le sentiment
amoureux serait donc de l'ordre
des inventions humaines.
Si c'est le cas, quelle belle invention !
Bien mieux que l'automobile ou que la colle
à post-it. Surtout qu'au-delà de ce que
les humains appellent « le grand amour »
il y a l'amitié, l'amour fraternel,
l'amour filial et bien d'autres.
Ces derniers sont tout aussi forts que
le sentiment amoureux et justifient à eux
seuls que l'humain puisse réussir à vivre
en société, malgré la haine, l'avarice
et l'envie.

Dix juin, après-midi
Bibliothèque

Astride a passé la matinée à s'installer un coin bureau
sur le comptoir des prêts et à réorganiser son
coin-couchette. Certains des toutous ont été éventrés
pour en répartir la bourre, et ses vêtements ont désormais
trouvé une place permanente dans l'étagère de jouets.
La prochaine tâche sur la liste est de taille : s'assurer
que ses réserves d'eau se renouvellent. Pour cela, il lui faut
trouver un endroit où l'eau de pluie pourra être récupérée
discrètement, sans attirer l'attention des autres survivants.

Selon la carte du quartier, il y aurait un petit terrain
de stationnement derrière la bibliothèque, plus discret
que la rue ou que la place Gérald-Godin. L'idéal serait
d'y accéder par une sortie vers l'arrière, pour éviter
de contourner l'immeuble par l'extérieur à chaque fois.

Si Astride s'est approprié la bibliothèque, il n'en
est rien du reste de la bâtisse. Appartements, salle
de spectacles, galerie d'art, bureaux d'organismes
divers, tout un labyrinthe de locaux l'attend au-delà
des doubles portes fermées sur le mur du fond.

Le passage le plus direct vers l'arrière s'effectue
à travers la galerie d'expositions artistiques adjacente.

Plus jeune, sa mère l'y avait emmenée voir une exposition
d'art contemporain, un mélange de photographies et de
projections interactives. Les images montraient des corps
mutilés par la faim, juxtaposés avec des publicités de
grosses chaînes de *fast-food* américaines. Le tout l'avait
rendue mal à l'aise, sans qu'elle puisse expliquer pourquoi.
Elle en était ressortie avec une perte d'appétit complet,
et une profonde haine envers l'art contemporain.
C'est pourtant cette salle qu'elle devra traverser
à nouveau pour installer ses piscines gonflables
dans la ruelle à l'arrière.

Elle pousse la porte en espérant que l'exposition ait depuis été changée pour quelque chose de plus joyeux.

Autant la bibliothèque est bordée de longues fenêtres, autant cette partie de la bâtisse en est dépourvue. Même en plein jour, une noirceur absolue y règne. Seule l'ouverture de la porte offre un grain de visibilité. Astride y pousse un lourd classeur pour la maintenir ouverte, et avance de quelques pas.

Une fois ses yeux habitués à la pénombre, elle découvre l'œuvre d'art en vedette cette saison : une ville miniature posée à même le sol. Toutes les maisons sont blanches. Les humains, les voitures, les arbres réduits à l'échelle aussi. Une ville immaculée, faite de carton recyclé peinturé à la main. Loin derrière l'œuvre, tout contre le mur, un mince filet de lumière laisse présager la sortie arrière espérée.

Astride traverse la pièce, à mi-tâtons dans la pénombre.

Crac !

Quelque chose a cédé sous sa chaussure.

C'est une des maisons de la maquette,
installée en pourtour de l'œuvre.

La jeune fille regarde à droite, puis à gauche, comme si
un observateur imprévu avait pu être témoin de la scène.

Rien.

Personne pour rire de sa bévue, personne pour la
gronder de sa maladresse. Plus jamais personne.

Astride lève un pied et écrase une seconde maison.

À partir de ce geste délibéré, une fureur destructrice
s'empare d'elle. Elle en écrase une troisième,
puis un arbre, puis un personnage de carton blanc.
Avec une rage jusqu'ici contenue, Astride se déchaîne
sur la maquette, se vengeant ainsi de cette ville fantôme
qui la retient prisonnière, de cette civilisation proprette
qui s'est autodétruite, la laissant seule au monde. Elle devient
à son tour l'onde de choc, pulvérisant tout sur son passage,
balayant un monde de carton de ses souliers de course.
Lorsqu'il ne reste qu'un unique personnage encore intact,
elle lui imagine une valise bleue à la main...
et l'écrase à son tour.

Elle reste de longues minutes, haletante,
à contempler son œuvre.

Puis, elle traverse la pièce
jusqu'à la fissure de lumière.

Extrait de *Toute l'humanité expliquée*

Chapitre XIII : L'art

Ce qui différencie les humains des autres
espèces vivantes sur la terre est la
complexité de leurs pensées et de leurs
émotions. Leurs méandres sont tels que
la plupart des humains sont eux-mêmes bien
souvent incapables de décoder ce qu'ils pensent
ou ressentent. Pour aider les nœuds à se
défaire et tenter de rejoindre l'inconscient,
ils cherchent la vérité émotive à travers
des représentations artistiques à des degrés
plus ou moins grands d'hermétisme. Ainsi,
certaines œuvres d'art poussent l'abstrait
à un point tel que seuls quelques initiés
peuvent en faire ressortir un sens,
alors que d'autres arrivent à toucher
les spectateurs au cœur, sans que ces
derniers puissent expliquer pourquoi.

Dix juin
Stationnement de la bibliothèque

La porte du fond s'ouvre, et la lumière du jour
enveloppe une Astride aveuglée. Elle se retrouve
à l'extérieur de la bâtisse, en plein soleil. Sur sa droite,
une annexe s'est écroulée et des piles de pierre,
de mortier et de meubles Ikea jonchent le stationnement
arrière. Tout autour, des clôtures envahies par le lierre
cachent cet espace plat aux yeux des passants.

Il y aurait un peu de déblayage à faire,
mais la place sera suffisante pour ses deux
réservoirs gonflables. L'endroit est parfait.

Elle devra seulement s'habituer à traverser
la maquette dévastée dans la galerie d'art.

Douze juin
École secondaire Jeanne-Mance

Après des semaines à ne survivre qu'à partir
des ressources de l'école, Armand Beauséjour
a commencé à se ravitailler dans les restaurants des
environs. Il a l'avantage de travailler dans le quartier depuis
plus de vingt ans. Comme il ne s'est jamais fait de lunch,
les petits restaurants cachés au détour de deux
rues résidentielles n'ont plus de secrets pour lui.
Il les connaît tous.

Il sort de l'école seulement à la fin de la nuit, avant que
le soleil ne se lève. Trop tôt pour les matinaux de son espèce,
mais trop tard pour les fêtards les plus excessifs. Il ne craint
pas les prédateurs ; il n'a jamais joué aux jeux vidéo. Il craint
plutôt les hommes. Il a entendu les coups de feu et, à son âge,
on en connaît suffisamment sur la nature humaine pour savoir
qu'en temps de crise la politesse et le partage ne font pas
long feu. Il a vu *Mad Max*, il a lu *Sa Majesté des mouches*.

La nuit est claire et douce. Il déambule sur la rue
Marie-Anne, un peu plus à l'ouest qu'à son habitude.
Il entre au Parloir, sur l'avenue Christophe-Colomb,
et y trouve de quoi le sustenter pendant
quelques jours : un pot de beurre d'amande,
des biscottes, quelques boîtes de thon.

Sur le comptoir de la caisse,
il aperçoit trois livres de bibliothèque.

Il s'y attarde, caresse les couvertures,
trace du doigt l'étiquette « Plateau-Mont-Royal ».

Les deux premiers traitent de la torréfaction du café,
le troisième contient des recettes de petits fours.

Monsieur Beauséjour s'émerveille
de la passion du restaurateur pour son art,
et n'y prête guère plus d'attention.

Premier juillet

Astride s'est créé une routine. Sa journée est divisée
en périodes d'une heure, qu'elle respecte religieusement :
lever, déjeuner, toilette, jardin, dîner, tâches ménagères,
et ainsi de suite jusqu'à l'heure du coucher. Les courses
ont été mises au lundi et au jeudi, et le lavage au dimanche.
Seuls les jours de pluie viennent chambouler les horaires,
puisqu'il faut alors profiter du couvert visuel pour allumer
un feu et faire bouillir de l'eau pour la rendre potable.

Elle ajoute une tâche sur sa liste :

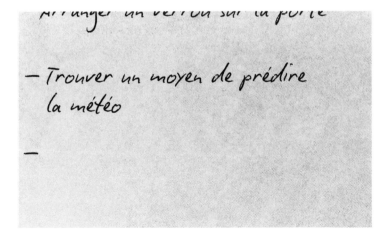

Arranger un verrou sur la porte

— Trouver un moyen de prédire
la météo

—

Astride fait un feu uniquement lorsqu'elle est certaine
que sa fumée ne sera pas repérée par les autres survivants.
Elle en profite alors pour faire cuire des pâtes et même
se permettre un bol de bouillon chaud, à partir d'une
préparation en poudre. Elle a trouvé un briquet à l'huile
derrière le comptoir des bibliothécaires et alimente
les flammes avec des livres, en prenant bien soin
de choisir ceux que la bibliothèque possède en double,
voire en triple exemplaire. Des best-sellers très demandés,
des livres de référence, des classiques sous formats
différents y passent tour à tour. Larousse, Marc Lévy
et Balzac partent ainsi en fumée, tout en restant disponibles
sur les rayons. Une sorte de don d'ubiquité involontaire.

Elle ne s'accorde aucun temps libre, préférant s'abrutir
de sa liste de tâches à accomplir, qu'elle recopie au propre
tous les soirs avant de se coucher. Le temps libre est propice
au vagabondage de l'esprit, et le sien lui propose peu
de lieux agréables à visiter. Lorsque ni le futur ni le passé
n'offrent d'asile, aussi bien se garder occupé au présent.

Il y a bien le dimanche, où elle s'octroie un peu
de temps de lecture. Elle s'évade alors dans quelques
romans jeunesse ou bandes dessinées et, l'espace
d'une heure ou deux, s'enveloppe de la vie d'un autre.

Puisqu'il est dix heures, Astride est à son jardin. Profitant du fait que le stationnement arrière de la bibliothèque s'ouvre sur une ruelle de quartier, elle s'est approprié un terrain gazonné pour y planter les graines du *kit* jouet pris au magasin. Utilisant la pelle miniature fournie, elle a retourné la terre comme l'indique le manuel et a planté toutes les semences disponibles.

Depuis, elle désherbe et arrose au besoin. Aujourd'hui, pour la première fois, elle récolte de la laitue.
Elle cueille seulement les feuilles les plus larges, laissant aux autres encore un peu de temps pour grandir. Est-ce une bonne idée ? Elle l'ignore. Les laitues du supermarché ont toujours été rondes et complètes, rien à voir avec ces feuilles éparses qui ressembleraient presque, à bien y regarder, à des feuilles de pissenlit.

Son travail terminé, elle retourne vers son
chez-soi littéraire. En passant par-dessus la clôture,
elle se demande si elle ne pourrait pas planter autre
chose. Après tout, la ruelle ne manque pas de terrains
non utilisés. Si les graines de ses futures tomates peuvent
être replantées, d'autres légumes délaissés contiennent
peut-être tout ce qu'il faut pour agrandir son jardin.

En escaladant l'éboulis bordant le stationnement,
elle s'avoue ne pas connaître grand-chose en jardinage.
Elle n'a réussi à planter les graines qu'en suivant
pas à pas les instructions du manuel. En traversant
la ville miniature dévastée de la galerie d'art, elle soupire
la perte d'Internet, source infinie de connaissances,
où elle aurait facilement pu trouver la solution
à son incompétence.

Elle aurait pu également y apprendre à cuisiner,
à poser des pièges, à prédire la météo,
peut-être même à générer de l'électricité.

Elle passe les portes qui mènent à son repaire.

Soudain, les multiples rayons s'offrent
à elle sous une nouvelle lumière.

L'Internet post-apocalyptique est là,
devant ses yeux.

Extrait de *Toute l'humanité expliquée*

Chapitre XVIII : Internet

À l'aide des ordinateurs, les humains ont rendu les écrits, puis les images et les vidéos, accessibles à tous, à volonté, de n'importe où. La mythique bibliothèque d'Alexandrie dans votre salon, au bureau, sur votre téléphone.

Les contenus y ont progressé de manière exponentielle, si bien que les faits encyclopédiques ont rapidement été engloutis sous les photos de vacances, les vidéos cocasses et l'équivalent des notes passées en classe dans le dos des professeurs.

Ils ont appelé ça le progrès.

Onze juillet
Autre restaurant de la rue Marie-Anne

Monsieur Beauséjour est de sortie. Il n'avait plus
une seule forme de protéine et a dû se résigner
à se ravitailler de nouveau à l'extérieur. Il a réglé
son réveil à ressort, trouvé dans une bijouterie
de l'avenue du Mont-Royal, à trois heures du matin,
pour profiter des dernières heures de noirceur.

Lors de ses vigies sur le toit, il note parfois le va-et-vient
des autres survivants. Il y a les deux adolescents,
dont il suit l'histoire d'amour comme un feuilleton.
Également, une dame entre deux âges qui passe à petits pas
nerveux, toujours aux mêmes heures, toujours dans les ruelles.

Évidemment, il y a aussi les gangs. Il en a recensé au moins deux qui tentent de faire la loi et pillent tout ce qui pourrait avoir une valeur dans ce monde dévasté : médicaments, alcool, cigarettes, nourriture, eau, essence. Parfois, les deux gangs se rencontrent, et les coups de feu retentissent. Pendant les deux jours suivants, plus personne ne sort.

Combien de survivants dans toute la ville ?
Cent ? Deux cents ? Un nombre sans doute
tous les jours en déclin... à moins que les deux
amoureux ne se mettent à faire des petits.

S'il aime les regarder de loin, il choisit avec soin
l'heure et l'endroit de ses courses pour
ne rencontrer personne. L'observation lui suffit comme
contact humain. L'observation, et l'écriture.

Il a opté cette fois-ci pour le Kamela, spécialisé
en couscous. Plusieurs de leurs plats comportent des pois
chiches, riches en fer, qui feront une parfaite addition
à son alimentation. De plus, la semoule de couscous
se cuit très vite, ce qui lui permettra d'économiser
le peu de gaz restant dans les réchauds de secours
trouvés en cuisine. Le souper sera un festin.

Sur le comptoir, en sortant,
il remarque deux livres de bibliothèque.

Douze juillet
Bibliothèque

Depuis son épiphanie au retour du jardin, Astride
a chamboulé son horaire quotidien pour y inclure
deux heures de lecture. Elle ne s'évade plus entre
les pages de quelque aventure fantastique, elle tente
désormais d'accumuler tout le savoir nécessaire
à sa survie. Elle a commencé par les ouvrages
sur le jardinage, section documentaires pour enfants
(cote 635-j), puis pour adultes (cotes 635.600 à 635.999).
Elle est ensuite passée à la survie en forêt (613.69)
et zieute de plus en plus les livres de cuisine
(641.55), histoire de varier ses repas et de rendre
justice aux légumes qui s'annoncent.

La poubelle du comptoir des prêts est désormais
remplie de listes qu'Astride modifie au fil de ses lectures.
Elle s'accroche à ces corvées classées par ordre d'importance,
obéissant à chaque ligne et à son horaire imposé, du matin
au soir. Lorsqu'elle peine à se lever ou qu'il lui prend
des envies de position fœtale, elle empoigne sa feuille
de papier et relit la prochaine tâche non cochée.

Le désir d'un crochet de plus comme toute volonté.

À faire

— Arroser le jardin

— Sarcler un nouveau coin
   pour des patates

— Lire sur les baromètres
   artisanaux

— Faire l'inventaire
   des batteries pour
   la lampe de poche

— Choisir les livres à brûler
   pour la prochaine
   journée de pluie

—

Treize juillet
Restaurant de la rue Marie-Anne

C'est le troisième restaurant qu'Armand Beauséjour
explore dans la dernière heure. Cette fois-ci,
son effort est récompensé : il y a effectivement
des livres sur le comptoir. Cette fois encore,
ils sont étiquetés de la bibliothèque du Plateau
et ont été choisis en lien avec le type
de cuisine servie.

Il ne peut plus être question de coïncidence.

Il est excité comme un gamin. Après des semaines
à expliquer une civilisation éteinte à des inconnus sur papier,
cette chasse au trésor lui procure une seconde jeunesse.

De plus, la quête n'est pas terminée !

Tous les indices pointent vers la bibliothèque
du Plateau-Mont-Royal, mais qui est cette personne
si attentionnée qu'elle donne des livres à des commerçants
disparus de toute manière ? Si elle n'habite pas
la bibliothèque, elle doit, du moins, s'y approvisionner
régulièrement. La nuit ? Le jour ? Qui sait ?

Une chose est certaine, il brûle d'envie de découvrir
l'identité de cet ange porteur de littérature.

Il doit se préparer pour une longue vigile.
Il glisse les volumes sous son bras et retourne à l'école
secondaire Jeanne-Mance pour ramasser du matériel.

Condo des Hubert-Rondeau
Heure H

Dans la salle de bain, la mère d'Astride l'attend,
avec une baignoire remplie jusqu'au bord, et une valise.
Chose étrange, la porte du réfrigérateur s'y trouve aussi.
Son père a pris le temps de la retirer de ses gonds
et de la poser là avant de venir chercher sa fille dans
sa chambre, comme s'il avait voulu lui octroyer deux minutes
d'innocence et de bonheur de plus avant que tout chavire.

Ses parents ne prennent même pas le temps de la
déshabiller et la jettent dans l'eau. Sur une chaise,
des vêtements de rechange ont été placés, avec ses
souliers de course et sa veste la plus chaude. Elle a juste
le temps de l'apercevoir avant que la porte du réfrigérateur
ne se referme sur elle. Le bain est si rempli qu'elle n'a pas
d'espace pour respirer. Elle panique, se débat. Sa tête est
submergée et le bruit du trop-plein résonne dans ses oreilles.

« Ils ont décidé de me noyer, pense-t-elle.
Comme un bébé chat de trop. »

Elle se repasse en mémoire toutes ses désobéissances
des derniers jours. Les pots de peinture non refermés,
le verre de jus renversé sur le tapis, sa note en dessous
de la moyenne au dernier examen de mathématique.

C'est le temps des représailles.

Au-dessus d'elle, ses parents se prennent par la main,
le cœur gonflé de leur geste altruiste. Ils sauvent
leur fille en y laissant leur peau, summum
de l'accomplissement parental.

Puis, il y a un grand bruit.

Dans la chambre d'Astride, les paillettes
sortent de leur pot en un tourbillon lumineux.

Treize juillet
Place Gérald-Godin

Voilà déjà trois heures qu'Armand Beauséjour
fait le pied de grue derrière la cabane d'information
touristique de la place Gérald-Godin. À intervalle régulier,
il jette un coup d'œil du côté de la bibliothèque, pour voir
si un mouvement, un changement, lui confirmerait la présence
d'un survivant dans la bâtisse. Si Astride était passée près
d'une fenêtre ce matin-là, il l'aurait simplement observée
de loin, comme les autres survivants du quartier.
Mais voilà, la toilette matinale de la jeune fille se fait
dans le coin des petits, à l'abri derrière le demi-mur
en tapis, et ses tâches de l'avant-midi l'ont confinée
au comptoir des prêts.

Il tourne et retourne les livres dans ses mains, comme
s'ils pouvaient témoigner de leur nouveau propriétaire,
raconter leur voyage jusqu'au comptoir du restaurant.

« Un tel ami des livres ne peut être une mauvaise personne »,
se dit-il. D'ailleurs, les restaurants dans lesquels il a trouvé
des livres n'ont pas été pillés comme les magasins de l'avenue
du Mont-Royal. À peine les garde-manger ont-ils été ouverts.
« Une souris, se dit-il... ou plutôt, un rat de bibliothèque. »

Avec chaque heure d'attente, sa curiosité ne fait que monter.

N'en pouvant plus, il quitte sa cachette dès que sa
montre indique dix heures. Après tout, n'est-ce pas là
l'heure officielle d'ouverture de tels établissements ?

Treize juillet
Bibliothèque

Ajouter un blocage à la porte d'entrée figurait
depuis longtemps sur la liste d'Astride. Une tâche
toujours remise à plus tard, parce que des priorités
plus grandes sont chaque fois venues s'imposer plus
haut sur la liste. Lorsque la porte de la bibliothèque
s'ouvre, elle réagit comme un lapin pris en flagrant délit
de vol de carottes dans le jardin de monsieur MacGregor :
elle sursaute et plonge vers la cachette la plus proche —
un espace libre dans la dernière tablette sous son bureau.

Des pas s'approchent.

Des objets sont déposés au-dessus d'elle, un peu
sur sa gauche, là où se trouve le comptoir des retours.

Des livres. L'intrus vient rapporter des livres.

Astride est tétanisée. Elle n'ose sortir de sa cachette.
Elle ne doit pas se montrer. Personne ne doit savoir
qu'elle existe. Son invisibilité est sa meilleure chance
de survie.

Les doigts de l'étranger pianotent sur le comptoir.
Il attend qu'une bibliothécaire s'occupe de lui.
Un geste absurdement normal, dans ce monde
en plein chaos.

Un monde dans lequel la seule bibliothécaire
disponible se terre sous le comptoir.

L'homme est patient. Les deux coudes sur la surface
de bois, il caresse l'ouvrage qu'il rapporte, comme s'il
voulait s'en rappeler quelques passages avant de s'en
départir. Il regarde autour, aussi. Il voit la vaisselle sagement
empilée, la poubelle noircie par les feux de cuisson,
la valise bleue. Sent-il sa présence ? Comme ces
personnages de romans dotés d'un instinct sans faille ?
Astride espère que non, mais ne peut s'empêcher
de le penser.

L'homme se racle la gorge, comme elle avec le chien.

– Y a quelqu'un ?

Sa voix semble trop forte dans le silence de
la bibliothèque. Pourtant, il n'a poussé qu'un murmure.

« Si je reste assez longtemps sans bouger,
se dit Astride en fermant les yeux, il va s'en aller. »

– C'est pour un retour, annonce la voix.

Un retour. Le travail de la bibliothécaire.

Depuis des semaines, Astride classe les livres,
les répare, les lit, les échange contre de la nourriture,
les brûle même, parfois. Toutes ces actions
justifiées par un titre, celui de bibliothécaire.

Le titre roule en boucle dans sa tête. Elle était si fière, la première fois qu'elle s'est tenue debout derrière le comptoir. Et voilà qu'un client a besoin d'elle. Client ? Non, ce n'est pas le mot. « Usager », c'est ce que dirait une vraie bibliothécaire.

Un usager a besoin d'elle, et elle ne peut renier sa responsabilité.

Elle se lève, tremblante comme une feuille.

L'homme devant elle est vieux. Plus vieux que ses parents. Ses yeux bleus sont un peu voilés, et bordés de profonds sillons. Il émet un sourire poli. Juste ce qu'il faut. S'il est surpris par l'âge d'Astride, il n'en laisse rien paraître.

La jeune fille prend les livres. Elle sort une étampe de sous le comptoir et tamponne le mot « retourné » sur la dernière page.

Le mouvement est factice. La bibliothèque a été informatisée
il y a des années, et plus personne n'utilise les étampes.
La présence même d'un tampon d'encre sous le comptoir
est un anachronisme, probablement dû à la nostalgie d'une
bibliothécaire de longue date qui n'a jamais pu s'en départir.

Les deux protagonistes le savent,
mais font comme si de rien n'était.

Monsieur Beauséjour hoche légèrement la tête
en guise de merci, et tourne les talons.

Treize juillet
École secondaire Jeanne-Mance

Armand Beauséjour a quitté la bibliothèque pour
ne pas qu'Astride le voie pleurer. Il pleure l'enfance arrachée
à cette fillette aux yeux bruns, sa solitude, sa résilience.

Lui qui était presque heureux de pouvoir se vanter
d'avoir suivi l'Histoire (avec un grand « h ») jusqu'à sa fin,
ou du moins, jusqu'à son épilogue. Et voilà qu'une petite
survivante le remet à sa place. Il n'y a jamais de véritable
épilogue, seulement de nouvelles histoires qui commencent.

De retour dans son bureau, il est soudain conscient
du désordre qui y règne, de ses vêtements sales et
de son odeur corporelle. « Cette fillette ferait-elle une
meilleure survivante que moi ? » se dit-il en repensant
à ses cheveux frais brossés, à son chandail impeccable.
Puis, il revoit en mémoire les yeux d'Astride
osciller entre volonté et désarroi à chaque
battement de cils, et pleure à nouveau.

C'est promis, à la prochaine pluie,
il se lave.

Au prochain jour de beau temps,
il y retourne.

Treize juillet
Bibliothèque

Il faut près d'une heure à l'esprit d'Astride pour digérer ce qui vient d'arriver. Durant ces longues soixante minutes, elle fixe la porte refermée, comme si celle-ci pouvait lui offrir une explication, lui confirmer qu'elle a rêvé cette rencontre. Mais une fois remises en action, ses pensées s'emballent. Il lui faudrait un processus de prêt, un véritable, avec des cartes et des dates d'emprunt. Remanier sa routine pour prendre en compte les heures d'ouverture. Remettre à jour les vieilles fiches pour s'y retrouver dans le système de classification décimale Dewey. Et, bien sûr, installer un verrou à la porte. Elle ne peut se permettre qu'un usager la surprenne dans son sommeil, hors des heures d'ouverture.

Elle sort un crayon et rédige une liste.
Non pas une liste de besoins et de survie, mais
bien une liste de désirs et d'envies. Les mots se
couchent sur le papier avec enthousiasme, ses pensées
vagabondent dans cette future bibliothèque où elle
vivra de marinades en hiver, et de son jardin en été.

L'esprit ainsi occupé, elle en oublie sa peur,
en oublie sa rage. L'espace d'un instant, elle oublie
même d'en vouloir à ses parents de l'avoir sauvée.

Ce soir-là, elle se couchera sans son appareil dentaire.

Condo des Hubert-Rondeau
Heure H plus une minute

Il n'y a plus un bruit dans la ville.
Au loin, un édifice s'écroule en retard,
comme s'il avait voulu survivre, mais n'en avait
pas trouvé la force.
Dans une salle de bain de rez-de-chaussée
de la rue Saint-Hubert, une fillette sort de l'eau.
Elle se change, enjambe le corps sans vie
de ses parents et empoigne une valise bleue.